ズールーランドの影

血のように赤い空の下で

ジェシカ・ヒンツ

米国
2024年

インプリント

コンテンツ

第１章: ハッデンとズールー王

私たちが彼と初めて会ったとき、フィリップ・ハッデンはズールー族の領土で輸送船の乗客で貿易商をしていました。まだ40歳未満の彼は、並外れた存在感を持っていた——背が高く、色黒で、鋭い目、短くとがったあごひげ、巻き毛を持つ驚くほどハンサムだった。彼の顔立ちははっきりとはっきりしていて、その立ち居振る舞いは際立って威厳があり、そのためこの地域の野生の環境の中でも目立っていました。ハッデンの人生は従来とはかけ離れたものでした。彼は自分の過去について多くの部分を公にしていなかったが、高貴な家系の出身で、イギリスで公立学校と大学に通い教育を受けたことは知られていた。時折古典文学を引用する彼の能力は、洗練された声と相まって、彼が関わった粗野で無骨な男たちの間で「王子」というあだ名が付けられました。

上品な出自にもかかわらず、ハッデンは疑わしい状況下でナタールに移住し、控えめに言っても家族との関係は緊張していた。　15年以上にわたり、彼は植民地内のさまざまな商売を渡り歩いたが、ほとんど成功しなかった。彼は非常に魅力的な男で、すぐに友達を作ることができましたが、彼の人間関係は常に不信感を募らせて終わりを迎えたようでした。彼は一か所でしばらく過ごした後、突然、評判を落とし、未解決の借金を抱えて去ってしまうことが多かった。ハッデンの人生は、継続的な再発明のようなものであり、真の意味での根や安定を確立することは決してなかった。

彼の人生を決定づけることになる出来事が展開する前に、ハッデンは数年間、牛が引く荷馬車で長距離を物資を運ぶ輸送員として働いていた。しかし、トランスバール地方の辺境の町ユトレヒトで起きたある事件により、彼は一時的にこの生計を放棄せざるを得なくなった。彼は地元の商店主宛てに商品を積んだワゴン2台を積んで町に到着した。しかし検査の結果、彼が輸送していたブランデーケース6ケースのうち5ケースが紛失していることが判明した。ハッデンは責任を逃れようとして、カフィール社の従業員を窃盗の罪で告発した。しかし、店主は無愛想で対立的な男で、ハッデンが自分でアルコールを盗んだとして公に非難した。緊張は急速に高まり、激しい口論に発展し、店主が重傷を負った。

法的報復を恐れたハッデンは現場から逃走し、1台のワゴンをニューカッスルに置き去りにし、もう1台にはカフィアの交易品を積んで国境を越え、保安官が追いかけることのないズールーランドに入った。彼は先住民の言語と習慣をよく知っており、すぐに毛布、三毛猫、金物などの商品と引き換えに牛や現金を手に入れ、貿易でそこそこの利益を得ることができるようになりました。彼が小規模で安定したビジネスを設立したとき、彼が負傷させた店主が復讐を求めており、当局に通報したというニュースが彼に届きました。ナタールでの以前の生活に戻るという当面の希望はなく、ハッデンは差し迫った紛争を避け、現在を楽しむことに集中することを選択した。

ある日、ハッデンはズールー王国の中心であるウルンディへ足を運び、セティワヨ王に領土内で大物を狩る許可を求めました。これは彼の人生で最も重要な出会いの一つにつながる決断でした。英国の貿易商や外国人に対するセティワヨの怒りが増大していたにもかかわらず、王のインドゥナ、つまり顧問たちは驚くほど礼儀正しく彼を歓迎した。ハッデンの訪問当時、ズールーランドの政治情勢は緊迫しており、国王と英国との対立はますます強まっていた。

翌日、ロイヤル・クラールに到着したハッデンは、王に会うために呼び出された。使者は、「その足取りが大地を揺るがした象」が彼の立ち会いを求めてきたと告げた。ほとんど派手な宣伝もなく、ハッデンは広大な集落を通って小さな囲いに案内された。そこでは堂々とした外見のセティワヨがカウンセラーたちとインダバ、つまり会議を開いていた。プロトコルに従って、ハッデンに同行していたインドゥナは地面に落ち、這って進んで白人の到着を告げた。

「待たせてください」セティワヨは怒りに満ちた声で命令した。国王はまだ議論中だったが、ハッデンの存在を無視して顧問らとのやりとりを続けた。

ハッデンさんは、ズールー族の習慣に全く詳しくなかったわけではないが、その光景を興味深く観察した。彼は王の会話の断片、特に彼に忠告しているように見える老人に対する王の動揺した言葉を聞くことができた。

「私は白いハイエナに狩られる犬なのでしょうか？」セティワヨは要求した。　「地雷じゃないですか、私の前の父のものではなかったでしょうか？私の民の運命を決めるのは私ではないのですか？私はこの小さな白人たちを駆逐してやるのです！」

老参事官が口を挟み、海に向かって身振りで示し、まるでこの道をたどれば差し迫った災難が起こると王に警告しようとしているかのようだった。セティワヨ氏は激怒してこの男を反逆罪で告発したが、この参事官が英国の国益と明らかに関係していることから疑惑はさらに増幅された。国王は老人の追放を命じ、彼の運命は王令によって定められた。

老人は王の激怒にもひるむことなく、戦いでの経験と、セティワヨの父であるパンダ王を含むズールー族の王たちへの長年の奉仕を語り、感動的な最後の演説を行った。彼は、白人の台頭とズールー族の最終的な滅亡を予言した、セティワヨの大叔父であるチャカの予言について語った。最期の瞬間、老人は避けられない敗北を受け入れることを表明し、セティワヨに安らかに眠るよう促した。彼の言葉は王をほとんど動揺させず、王は動じなかった。この年老いたカウンセラーは連行されて処刑され、かつて彼が仕えていた人々によって命を奪われた。

この光景を見ていたハッデンは、セティワヨの統治の残忍さに衝撃を受けた。　「もし彼が自分のカウンセラーをこのように扱ったら、彼は私に何をするだろうか」と彼は考えました。もともと現実主義者のハッデンは、ズールーランドでの自分の存在がすぐに疑惑や敵意に見舞われるのではないかと心配し始めた。

彼の懸念を裏付けるかのように、王の視線はハッデンへと移った。　「その見知らぬ人をここに連れて来なさい」と彼は命令した。

ハッデンは王に近づき、緊迫した雰囲気にもかかわらず平静を保とうとして手を差し伸べた。セティワヨは熱い視線で彼を評価した。　「あなたは『ウンファゴザン』（卑劣な人間）ではない」と国王はハッデンの高貴な態度を認めて言った。　「あなたは族長の血を引いているんですね。」

「はい、キング」ハッデンはわずかなため息をつきながら答えた。「私は族長の血を引いています。」

王は好奇心旺盛だが用心深く、「白人よ、あなたは私の国に何が欲しいのですか？」と尋ねました。

「ごくわずかです、王様。ご存知かもしれませんが、私はここで貿易をしており、商品はすべて売り払ってしまいました。ナタールに戻る前に、バッファローやその他の大物を狩る許可をお願いします。」

白人男性全員に不信感を抱いていたセティワヨは、「そんなことは認められない。あなたはソンプセウかナタールの女王の代理人が送ったスパイだ。消えろ。」と厳しく反応した。

ハデンは動じず、肩をすくめた。「私が祖国に戻ったら、ソンプセウか女王の代理人が私の悩みを補償してくれることを願っています。しかし、私はあなたの意向を尊重します、国王。しかし、出発する前にささやかな贈り物をしたいと思います。」

セティワヨは眉を上げた。「どんなプレゼント？」

「ライフルだけだ」とハッデンは答えた。「私なら持ってきたつもりだったが、『大地を揺るがす象』の前に武器を持って来るのは死だと言われた。」

疑いを抱いたセティワヨはライフルを持ってくるよう命じた。武器が彼に差し出されたとき、機知に富んだハッデンはこう言いました。「王様、従者に胸から銃口を外してもらうのが賢明だと思います。」

王は驚いて眉をひそめた。"なぜ？"

「ロードされていて、完全にコックされているからです」とハッデンは答えた。「あなたはおそらく地球を揺るがし続けたいのでしょう。」

これを聞いて、ライフルを持っていたインドゥナはパニックに陥り、武器を発射し、間一髪で王を逃した。セティワヨは激怒し、インドゥナを連れて行けと叫びましたが、命令が下されたときまでに、恐れを抱いた召使いはすでに逃げていました。

ハッデンは笑いながら言った、「彼はすでに自分自身を奪われたようです、キング。」

王はイライラしながらも、ライフルと目の前に立っている白人の大胆さに興味をそそられた。「白人さん、銃の作り方を理解していますか？」セティワヨは尋ねた。

「いいえ、キング」とハッデンは答えた、「しかし、私はそれらを直すことができます。」

セティワヨは選択肢を検討し、「もしあなたに十分な給料を払ったら、ここに残って銃を修理してくれませんか？」と尋ねた。

そして、初期の緊張と国王の怒りにもかかわらず、ハッデンとセティワヨの関係は発展し始め、彼の人生の忘れられない章となる舞台が整いました。

第 II 章: ミツバチの予言

ハッデンは、展開する緊張感とドラマチックな場面を観察しながら、この奇妙な展開について考えずにはいられませんでした。彼は、恋に病んだ男と王に対する不安な嘆願が絡む展開する光景に興味をそそられていた。「ダニエルが裁きを受けることになる」と彼は目の前の二人の嘆願者を見ながらつぶやいた。彼はその男が王の厳しさを過小評価していたことに疑いの余地がなかった。王セティワヨは、老人ウンゴナが感謝の意を表するのを黙って聞いており、その声には礼儀正しさと服従が混じっていた。しかし、王の返答は短く、率直かつ不気味なものだった。もし若い女性ナネアが指定された日に現れなければ、彼女と彼女の父親は恐ろしい運命に遭遇するだろう。この刑罰は単純な処刑であり、公開で執行されることになる。

キャプテンのナフンはまったく対照的だった。彼の最初の反応は、まるで王の言葉の意味が理解できないかのような、唖然とした不信感でした。彼の表情は急速に怒りに変わり、深くて苦い怒りが彼の全存在を襲うかのようだった。彼の握りこぶしと目に見える首の緊張は彼の怒りの深さを表しており、ズールー族の王に挑戦することの無駄を悟った後にのみ怒りは静まりました。怒りが一瞬燃え上がった後、ナフンの表情は深い悲しみに変わった。彼の顔は青ざめ、かつて誇らしげだった黒い目は今ではぼんやりと遠くなり、感情を抑えようとして噛んだ彼の唇には一滴の血が流れ落ちた。彼は国王に短い敬礼をし、よろめきながら出口に向かって歩き出したが、その動きは不安定で方向感覚を失っていた。しかし、ちょうど門に着いたとき、王の声が彼を呼び止めました。

セティワヨはナフンに残るよう命じた。そこで王は彼に、戦闘ではなく、王の客人として到着した白人ハッ

デンの案内人としての任務を与えた。任務は単純
だった。ナフンはハッデンに同行して荒野に入り、彼
をあらゆる危害から守り、安全に帰還できるようにする
ことだった。王の警告は明白だった。失敗すればナフ
ンの命が失われるだろう。また、ナネアが到着すると
予想される新月の前に戻るように言われ、その時に初
めてセティワヨは彼女にふさわしいかどうかを判断す
ることになった。

ハッデンは、自分が王国の捕虜になっていることに気
づき、すぐにこの状況から逃れることを決意しました。
特にズールー王の正義の予測不可能でしばしば残
酷な性質を考慮すると、戦争が勃発しても彼はこの異
国の地に留まるつもりはなかった。

数日後、ハッデンとナフーンを含むズールー族の護
衛は、間もなくその歴史で悪名を轟かせることになる
イサンドルワナからほんの少し離れた、険しい山岳地
帯にいることに気づいた。何日もの間、彼らはその地
域でバッファローの群れを追跡していましたが、成功
しませんでした。ズールー族の狩猟者らは、獲物がよ
り豊富に生息するウンヴニャナ川へ移動することを提
案したが、ハッデンさんとナフーンさんはそれぞれ個
人的な理由から、その場にとどまることを好んだ。ハッ
デンはバッファロー川に向かって進み、ナタールへの
逃亡を計画していました。一方、ナフンは、まもなく国
王に召される予定の婚約者であるナネアに会いたい
と願って残りました。

彼らが選んだキャンプ場は荒涼とした不気味な風景
の中にあり、ハッデンはそれを不安に感じた。彼らの
背後には湿地帯が隠れており、そこにバッファローが
隠れていると考えられていました。遠くに、堂々とした
イサンドルワナ山がそびえ立ち、大地に影を落として
いました。前方には不気味で鬱蒼とした森が広がり、
その周囲にはそびえ立つ切り立った丘が続いてい

た。川は森の中を流れ、最初は穏やかだったが、や
がて急な崖を越えて暗い沸騰した池に落ち、そこに
は日光が決して届かないように見えた。

ハッデンは近くにあった森に興味があり、ナフンにそ
れについて尋ねました。「ここは死者の家、エマグドゥ
です」とナフンは遠い声で説明した。彼は続けて、そ
こにはエセムコフ、言葉のない者たち、そしてアマ
ローシとして知られる他の精霊、つまり亡くなったが死
後の世界に存在し続ける魂たちが住んでいると説明
した。

「死者の家？」ハッデンは興味をそそられてこう答え
た。「これらの幽霊を見たことがあるか？」

ナフンの反応は単刀直入だった。その森に入るのは
死者だけだ、ホワイトマン。私たちの人々はそこで彼
らに捧げ物をします。」

すぐに、ハッデンの注意は近くの小屋に移りました。
ナフンは、そこが死者から知恵を集めることで知られ
る尊敬される呪術師、インヤンガ、または「蜂」の住居
であると説明しました。精神的な領域から知識を引き
出すという彼女の役割を考えると、「Bee」という名前は
ぴったりでした。ミツバチの小屋を訪れることは危険で
あるというナフンの警告にもかかわらず、ハッデンは
答えを探そうと決意した。

彼らが小屋に近づくと、ハッデンはすぐに不穏な雰囲
気に襲われました。入り口に座っているミツバチは、
ボロボロの動物の皮をまとっており、その目は捕食者
の目のように輝いていました。彼女の周りでは、頭蓋
骨や骨が地面に散らばり、不気味な光景を作り出して
いました。彼らが彼女の前に立っているとき、ミツバチ
の視線はハッデンをじっと見つめ、彼女はまるで彼の
考えを読んでいるかのように不気味な明晰さで話しま

した。彼女は、彼が彼女に対して暗黙の判断を下していることを認め、彼が彼女をミツバチよりもクモに近いと信じていることをほのめかした。

ハッデンが何を求めているのか尋ねたミツバチの声は低く、不安を誘うようなものでした。彼は狩猟が成功するかどうか知りたかったと認めた。しかし彼女は、彼の尋問の裏に別の欲望があると感じ、さらに彼に詰め寄った。「白人、あなたが本当に追い求めているのは何ですか？　それは獲物ですか、お金ですか、それとも女性ですか？」彼女は不可解に尋ねた。

短いやりとりの後、ミツバチは心を読む驚異的な能力を示しました。彼女は奇妙な笑みを浮かべながら、小さなトークン、つまりハッデンとナフンの髪の束を要求した。ハッデンは気が進まなかったものの、従った。それからミツバチは儀式を進め、髪を火の中に投げ込み、そこで髪は自らの命とともに燃え上がり、煙が奇妙な青いベールの中に立ち上りました。煙が彼女を包み込むと、ミツバチの顔はゆがみ、青くなり、くぼみ、目は虚ろで生気がなくなりました。彼女は数分間このトランス状態に留まり、ついに話したとき、それは虚ろで不自然な声でした。

「おお、真っ黒な心と白くて美しい体よ」と彼女は声を揃えて言った。　「あなたの心臓を覗いてみると、それは血のように真っ黒で、きっと血で黒くなるでしょう。」

ハッデンは彼女の言葉の呪縛に囚われ、雰囲気が重くなり、運命の予感が彼に迫ってくる中、彼女の予言の意味を熟考することになった。

その後数日間、ザ・ビーとの出会いの重みがハッデンの心に残りました。彼女の言葉は単なる警告ではなく、これから起こる出来事の流れを形作る予言でもありました。彼のバッファローの捜索、逃亡の可能性、そしてズールー王国と進軍するイギリス軍との間の差し迫った紛争はすべて、彼の周囲に迫っているように見える神秘的な力の影響を受けることになる。ミツバチの警告が彼を襲い、彼女が予告した血塗られた道は、間もなく彼をこれまで予想していたよりもはるかに大きな紛争へと導くことになる。

第 3 章: 狩りの終わり

フィリップ・ハッデンは健康状態は良好で、良心は明白であったものの、その夜はなかなか眠れなかった。迷信を信じたり、すぐに怖がったりするわけではなかったにもかかわらず、彼の心はミツバチとして知られる魔女の医者の不穏なイメージと彼女の不気味な言葉に取り憑かれていました。ハッデンは彼女の予言が真実である可能性を否定していたが、もしかしたら、もしかしたら、自分の差し迫った死について彼女が言ったことには真実があるかもしれないという不安な気持ちを払拭することができなかった。彼はその考えにはこだわらないようにし、代わりにズールー族の国から脱出する計画に集中した。ミツバチの姿とズールー族の不安な習慣が彼の神経をかき乱し、できるだけ早く立ち去ろうと決意した。

ハッデンは次の夜に国境に向けて休憩するつもりだった。しかし、ハンターに肉を提供するには、まず水牛か他の大きな獲物を殺す必要があることを彼は知っていました。狩人たちがごちそうでお腹がいっぱいになったときだけ、彼は逃げ出すことができた。彼はまた、ズールー族の護衛であるナフンのことも考慮しなければならなかった。ナフンは宴の誘惑に簡単には屈しないかもしれない。必要であれば、看守同然のナフンを殺す必要があるかもしれない、とハッデンは考えた。その男を殺すという考えは彼を動揺させなかった。結局のところ、特にナフンに対する敵意を考えると、そうすることは正当化されると信じていたのです。ズールー族の彼に対する軽蔑は耐え難いものになっており、ハッデンのプライドが野蛮人に見下されることを許さなかった。

夜が明けるとハッデンは起き上がり、消えゆく残り火の周りでまだ眠っていた護衛を起こした。ナフンは朝の影の中にそびえ立ち、ハッデンを見つめた。「白人さ

ん、太陽が出る前に起きていてほしいものは何です
か？」彼は尋ねた。ハッデンは冷静に「バッファローを
狩りたい」と答えた。

ナフンはハッデンの考えを読んだようで、もっと敬意を
持った敬称を使わなかったことを謝罪した。　「あなた
は首長ではないので、インコス（首長）とは呼べない
が、もし『白人』があなたを怒らせるなら、我々はあな
たに名前を与えるだろう」と彼は言った。

ハッデンはしぶしぶ同意したが、彼らが自分に選んだ
名前、インリジン・ムガマが「黒い心」を意味するもの
だと知って嬉しくなかったが、その称号はまるで魔女
の医者がまた自分を呪ったかのように感じた。

その後すぐに狩猟が始まりました。ナフンはキャンプ
の裏手にあるうっそうとした湿地帯の低木地帯で、す
ぐにバッファローの群れを見つけました。足跡は新鮮
で、ハチが彼らの成功を予言していたというナフンの
コメントに腹を立てたにもかかわらず、ハッデンはその
日は勝負が見つかると確信していた。「ミツバチを呪
え」とハッデンはつぶやいたが、動物を追跡するナフ
ンの後を追い続けた。

しばらくして、ミモザの木の近くの高台でバッファロー
の群れが草を食んでいるのを発見しました。風が直
接進入するには不利だったので、彼らは慎重に半マ
イル旋回して近づきました。彼らはこっそりと木から木
へと移動し、高い草の間を這って射程内に入った。
ハッデンの舷側に立っている未経産牛は、完璧な
シュートを放った。彼はライフルを構えて発砲し、彼女
を即死させた。

ハッデンが驚いたことに、残った水牛はすぐには逃げ
ませんでした。彼らは危険に気づかず、混乱して立っ
ていた。ハッデンは彼らの混乱に乗じてライフルを再

装填し、老牛を狙いました。彼の射撃は雄牛の首か肩に当たりましたが、負傷した雄牛はハッデンの位置に向かって真っ直ぐ突進しました。幸いなことに、牛が轟音を立てて通り過ぎた瞬間、ナフンは機敏に行動し、ハッデンを安全な場所に引きずり込んだ。

彼らは未経産牛の解体を他の人たちに任せて、雄牛を追って出発しました。追跡は何時間も続き、最終的には石だらけの地面で道を見失いました。暑さに疲れきった彼らは、休憩して乾燥肉を食べるために立ち止まりました。ズールー族の男性の一人が近くの川に水を飲みに行ったが、その直後に恐ろしい音を聞いた。負傷した雄牛は彼らを待ち構えて横たわり、ズールー族の男性を待ち伏せし、角で肺を突き刺してから茂みの中に消えた。その男は間もなく息を引き取り、「あれは水牛ではない、悪魔だ」という最後の言葉を残した。

ハッデンは狩猟を終わらせる決意をし、何があっても雄牛を殺すと宣言した。ナフンはまだ慎重ながらも同行した。オープングラウンドでは追跡が容易になり、負傷した雄牛を頻繁に目撃しましたが、クリーンショットには届かなかったのです。やがて、彼らは険しい崖の上にいることに気づきました。ナフンは下の森林地帯を指さして、「あれはエマグドゥ、死者の家だ。雄牛はそこに向かっている。」と言いました。

ハッデンは危険を認識していましたが、断固として追跡を続けました。ナフンは森に出没するといわれている幽霊を恐れ、躊躇したが従うことに同意した。森は暗くて重苦しい場所で、空気は腐敗で厚く、生命の兆候は時折下草を這うヘビだけでした。不気味な周囲にもかかわらず、ハッデンは水牛だけに焦点を当てて進み続けた。

彼らが森の奥深くに足を踏み入れたところ、血の痕跡がより鮮明になり、雄牛が衰弱していたことを示していました。ナフンさんはハッデンさんに、雄牛が彼らを騙そうとするかもしれないので、慎重に行動するよう警告した。馬車は彼らを2本の木に導き、ハッデンはその後ろにまだ生きているが明らかにもがいている雄牛の輪郭を確認することができた。ハッデンは慎重に狙いを定めて発砲し、雄牛の背中に命中した。雄牛は苦痛のあまりうめき声を上げ、彼らに向かって突進してきました。ナフンは槍を投げ、雄牛の胸を打ちましたが、水牛は戦い続けました。

二人の男は雄牛の突撃を避けるために散り散りになった。緊張した瞬間の後、水牛はうめき声を上げて倒れ、ついには死んでしまいました。ナフンの槍が致命傷を与えた。ハッデンは死んだ雄牛に近づくと、その反抗的な野獣を嘲笑しながら最後の蹴りを与えた。

まさにそのとき、奇妙な音が森に響き渡り、かすかな不気味な叫び声が木々に響き渡りました。ナフンは震えながら、それは舌のない幽霊、エセムコフであり、幼児のように嘆いていると言われていると説明した。彼はハッデンに幽霊の出る場所から立ち去るよう促した。しかし、ハッデンには別の考えがあった。ついにバッファローが殺され、肉の供給が確保されたので、彼は逃亡を考えていた。森を出ればズールー族の国境に近く、そこから安全な場所へ向かうことができる。

彼らが森を抜けて戻る途中、ハッデンの考えは自分の計画に向けられました。彼は夜中に逃げるつもりだったが、今はチャンスだと思った。ズールー族の国境まではわずか 1 時間の距離にあり、常に監視している看守ナフンがすぐ後ろにいるため、ハッデンは逃亡するには迅速に行動しなければならないことを悟っていました。

最悪の場合、ナフンは死ななければならないと判断した。ハッデンはライフルを持っていたが、ナフンは武器を持たず、短い槍しか持っていなかったので、勝算は彼に有利だろう。ナフンが先を歩いていると、ハッデンが彼に声をかけた、「ナフン、動かないで。その場に立っていなさい。さもないと撃ちます。私はあなたの捕虜ですが、王のもとに連れて行かれたくないのです。もうすぐ国民間の戦争になるだろうし、セティワヨの怒りに直面するくらいなら死んだほうがましだ」

ハッデンさんは、ズールー族の国境は近く、生き残れる唯一のチャンスはまだチャンスがあるうちに逃げることだと説明した。ナフンは彼を助けるでしょうか、それとも邪魔をするでしょうか？決定的な瞬間が刻一刻と迫っており、ハッデンは自分の運命が危ういことを悟っていた。

第 4 章: 快楽

ナフンはナネアの元を去る前に、かろうじて聞こえる程度の小さな声で何かをつぶやいた。彼の言葉は夜の静けさの中で失われ、一瞥もせずに、側面にある巧妙に設計された小さな開口部から小屋を出た。彼の出発は、意識が朦朧としていたハッデンにはほとんど気づかれずにいた。ナフンの最後の足音が遠くに消えていくと、ハッデンはゆっくりと目を開け、周囲の景色を眺めた。

太陽が沈みかけていました。その最後の光線は小屋の小さな開口部を通過し、暖かい深紅の光を部屋全体に投げかけ、すべてを柔らかな別世界のような光で包み込みました。彼の頭上の構造物を支えている、いばらの木でできた煙で黒くなった屋根の木の上で光がちらつきました。ハッデンの目が薄暗い光に慣れると、暗い木の梁にもたれかかる彼女——静かな悲しみの幻影——ナネアが見えた。

彼女の存在が小屋全体に活気を与えているようでした。彼女は際立った美しさを持ち、稀有で魅惑的な女性だったので、ハッデンは彼女を見つめながら胸が痛むほどだった。彼女の姿は彼の肺から空気を奪い、彼の心の奥底で何かをかき乱すのに十分だった。彼女には紛れもない魅力があり、彼の心臓を高鳴らせる強力な力があった。

ナネアのシンプルな服装は、彼女の優雅さをほとんど隠しませんでした。柔らかな白いマントが彼女の肩に掛けられ、いくつかのビーズで留められており、端には複雑な青いビーズ細工が施されています。バックスキンのムーカが彼女の腰を囲み、これも青いビーズで刺繍され、灰色の毛皮の細片が額と左膝に巻きついていました。銅製のバングルが彼女の右手首を飾り、消えゆく太陽の光を捉えていた。彼女の豊かな姿は周囲に対して際立っており、彼女の素肌は青銅色で滑らかで、衣服の素朴な性質とは対照的であった。しかし、ハッデンを息を呑ませたのは、肩まで流れるウェーブのかかった黒髪で縁取られた彼女の顔だった。

彼女の黒くて液体の目は謎の池のようで、彼が必死に解き明かしたい秘密でいっぱいでした。一瞬の間、ハッデンは自分がどこにいるのか忘れて、彼女の美しさと、彼女が周囲のすべてから離れているように見える様子に魅了されました。

最後の太陽の光が彼女に降り注ぐと、ナネアはその瞬間の重みを感じたかのように、そっとため息をついた。彼女はハッデンを見下ろしたが、その視線は顔から離れなかった。彼が目覚めたのを見て驚いた彼女は、本能的に胸をマントで覆い、そよ風のように滑らかに彼に向かって滑走した。

「酋長は起きています」と彼女は優しくメロディアスなズールー語で言った。ズールー語は彼の耳にはまるで音楽のように聞こえた。「彼には何も必要ないのですか？」

ハッデンは力を振り絞って話そうとしたが、まだ弱さが残っていた。体は痛み、手足は疲労で重かった。「はい、お嬢様」と彼は何とか声を張り詰めながら言った。私は弱すぎます。」

ナネアは躊躇しなかった。彼女は彼の隣にひざまずき、その動きは優雅で効率的だった。彼女は片方の腕で優しく彼を支え、もう片方の腕で水を満たしたひょうたんを彼の唇に当てました。ハッデンは貪欲に飲みましたが、彼が渇望していたのは水だけではありませんでした。それは彼女の触れ合い、親密さ、彼を気遣う優しさでした。彼はそれを説明できませんでしたが、その瞬間、彼の中で何かが変わりました。彼の心臓は高鳴った。それが彼女の肌の温かさなのか、それとも彼女の触れ合いの純粋さなのか、彼には分からなかった。彼が知っていたのは、強力で否定できない力が彼を捉えていたということだけだった。彼の中に押し寄せてきたのは、生のままでありのままの情熱だった。彼はこれまでにこのようなこと、この激しさ、この意欲を経験したことがありませんでした。

彼は彼女の目を見つめながら息を喉に詰まらせながらひょうたんから離れた。「天国にかけて！」彼はまだ信じられないと思った。　「私は彼女に恋をしてしまいました。黒人美女に一目惚れして、これまで以上に恋に落ちました。」

その考えは奇妙で、ばかばかしくさえありました。外国人の白人男性が異国の地で現地の少女に恋をする。不可能に思えましたが、それは真実でした。それは否定できませんでした。彼の心には疑いの余地はなかった。彼の頭の中で正当化が形成されているのがすでに聞こえていました。確かに気まずかったですが、補償はあるでしょう。物事がうまくいかなかったり、彼女が面倒になったりした場合、彼はいつでも彼女を追い返すことができました。

ハッデンは毛皮の枕に仰向けになり、働くナネアを見つめた。彼女はヒョウの傷の手当てに忙しく、葉を砕いた天然の軟膏をヒョウがつけた切り傷に塗った。彼女のタッチは優しく、しかし効率的で、ハッデンはすべての動きをうっとりと見ていました。

まるで彼女の中で何かが動き出し、彼の変化を感じ取ったかのようだった。彼女の手が一瞬震え、動作がわずかに震えたが、すぐに落ち着きを取り戻した。話し終えると、彼女は立ち上がって、彼が最初に彼女を見たときから見せていたのと同じ穏やかな優雅さで話しました。

「もう終わりだよ、インコス」と彼女は安定した声で言った。

「ありがとう、レディ」とハッデンは答えた。その声は感謝の気持ちと、まだ名前は言えないもっと深い何かが入り混じった重い声だった。

「私をレディと呼んではいけないよ、インコス」と彼女は優しく彼を正した。「私は首長ではありません。単なる首長の娘、ウムゴナです。」

「そしてナネアと名付けました」ハッデンは、まるで今気づいたかのように、彼の目に認識の輝きを輝かせながら言った。　「あなたのことは聞いたことがあります。」

彼女は眉をわずかに上げ、一瞬、彼女の視線に驚きの色が浮かんだ。しかし、彼女は何も言わず、ただ目を下げて感謝の意を表しただけでした。

「まあ、ナネア」とハッデンは続けた。「おそらく、あなたはすぐに首長になれるでしょう。向こうの王のクラールで。」

彼女は顔が倒れ、手で顔を覆い、苦痛を感じていたことが明らかでした。

「悲しまないで、ナネア」ハッデンは声を和らげながら言った。　「生け垣は決して高くて厚いものではありませんが、登ったりすり抜けたりすることはできません。」

彼女は両手を下げ、まるで彼の言葉を解読しようとしているかのように目で彼の顔を探っていましたが、彼はそれ以上問題を追及しませんでした。ハッデンが目が覚めてからずっと頭を悩ませていた質問をする前に、彼らの間にはしばらく沈黙が続いた。

「教えてください、ナネア、私がどうやってここに来たのですか？」

「ナフンとその仲間たちがあなたを運んでくれたのよ、インコス」彼女は落ち着いたゆっくりとした声で答えた。

ハッデンはゆっくりうなずき、彼女の言葉を受け入れてから微笑んだ。

「確かに、私を襲ったヒョウに感謝し始めています」と彼は言う。　「そうですね、ナフンは勇敢な男で、私に素晴らしい貢献をしてくれました。きっと恩返しできると信じてるよ、ナネア。」

ハッデンの傷が癒え、力が戻ってくると、彼の思考はナネアに飲み込まれてしまった。彼は彼女の心を勝ち取り、彼女を自分のものにしようと決心した。ナフンと彼女のつながりにもかかわらず、ハッデンには克服できない障害はありませんでした。彼は自分の魅力とお世辞を利用して彼女の愛情を勝ち取ろうとし始めましたが、戦術は巧妙である必要があることを知っていました。彼はナネアのような人に対して乱暴なことはできませんでした。彼のアプローチは優しく、敬意を持って、それでいて粘り強いものでなければなりませんでした。

それから数日が経ち、彼らの出会いはさらに頻繁になっていきました。そのたびに、ハッデンはナネアに注意を注ぎ、ナネアが彼に心を寄せてくれること、彼の慎重な言葉が心に残ることを望んだ。しかし、そのたびにナネアは距離を置いたままでした。彼に対する彼女の優しさは紛れもないものだったが、彼女がナフンだけに心を抱いていたことは明らかだった。この認識に最初はハッデンは当惑した。彼は、ナネアのようなネイティブの女の子なら、きっと自分の立場の男性、権力と名声のある男性に応えるだろうと思っていた。

しかし、彼はすぐに自分の仮定が間違っていることに気づきました。ナネアは、彼が慣れ親しんだ女性とは異なり、従順で簡単に勝てました。いいえ、彼女は違いました。彼女には静かな強さがあり、ナフンへの何物にも揺るぎない忠誠心があった。彼女は彼に対する献身を揺るぎなかったが、ハッデンのアプローチは失敗に終わり、あたかも彼が女性ではなく石を口説こうとしているかのようだった。

しかし、ハッデンは常に決意を固め、諦めなかった。彼は追求を続け、今では彼女を魅了できるという確信をこれまで以上に強めた。彼は人生で多くのことに成功してきた男であり、これも例外ではないと確信していました。

ある午後、太陽が地平線に沈み始めたとき、ハッデンはナネアがクラールのすぐ外の泉に向かって一人で歩いているのを見た。彼は彼女が素足で大地を踏みしめながら優雅に歩くのを見ていた。彼女は一人でした、そしてこれは彼が彼女に近づくのに最適な瞬間でした。

彼は期待に胸を高鳴らせながら道に向かって進んだ。彼が彼女に近づくと、一匹の蛇がナネアの前の道を横切り、ナネアは驚いて飛び退いた。彼女が抱えていたひょうたんの水が頭から落ちてこぼれ、ハッデンさんは急いでそれを拾い上げた。

「ここで待ってて」と彼は軽く笑いながら緊張をほぐそうとした。「お腹いっぱいお届けしますよ。」

ナネアはうなずく前にためらった。

ハッデンは泉へ急いだとき、彼の心は高鳴った。彼は何か言うべきこと、彼女に伝わる何かを考えなければならなかった。もしかしたら、もしかしたら今度こそ、彼は彼女の心の周りに築いた壁を打ち破ることができるかもしれない。

第 5 章: 運命の淵

運命はまるで不思議な手に導かれたかのように、ナフンとナネアの秘密の計画を支持し始めた。ナフンにとって最も差し迫った課題の 1 つは、ズールー族の警備員仲間の疑惑を回避することでした。彼らはハッデンの狩猟を手伝い、逃亡しないようにするよう国王から命じられていた。しかし、運命が介入した。マプタの予期せぬ訪問の翌日、ウムシティウ軍団の偉大な軍司令官トヴィンワヨ・カ・マロロからの命令を持った使者が到着し、ナフンの同志の即時帰還を要求した。イサンドルワナでズールー軍を率いる運命にあったトビングワヨは、連隊が戦争の準備をしているときに彼らの存在を要求した。

この展開はナフンに仲間たちと別れるもっともらしい理由を与えた。彼は負傷からまだ回復中のハッデンの世話をするために残されることを彼らに保証し、数日以内に合流することを約束した。こうして、何の疑いもなく警備員たちは去り、ナフンは自由に計画を遂行できるようになった。

一方、ウムゴナは国王の命令に従い、娘のナネアとともにウルンディへ向かうと公言した。二人は、ナフンがナネアとの結婚の対価としてロボラとして支払った牛15頭を引き渡すことになっていたが、これは罰金として王が課した罰金だった。策略を完遂するために、ウムゴナは残った牛をクロコダイル漂流地の近くで放牧させ、彼らの真の意図を知らなかった信頼できるバストの牧畜民の監視の下で放牧した。

3日目にはすべての準備が整いました。一行は表向きウルンディに向かうルートを開始した。しかし、かなりの距離を移動した後、彼らは意図的に人が住んでいる地域を避けて、密集した低木地帯に急に進路を変えました。この迂回路により、彼らは悪名高い破滅の池と死者の家として知られる不気味な森の近くに行きました。これらの不気味なランドマークが間近に迫っている間、グループは視界から消えたままで、秘密のマントの下で前進しました。彼らの計画は、夜通し旅をし、朝までにクロコダイル・ドリフトの近くで休むことでした。

彼らの最終目標は、そこに隠されている牛を回収し、夜明けに川を渡り、ナタールに逃げることでした。しかし、ナフンとナネアには知られていないが、ハッデンは彼自身の邪悪な計画を抱えていた。彼らが自由を計画している間、彼は裏切りを計画しました。

疑惑に覆われた旅
彼らが荒野を行進するとき、ウムゴナは自信に満ちた足取りで道を先導した。高齢にもかかわらず、ウムジンビートの木でできた丈夫な棒を振り回し、牛を前に突き出す彼の緊迫感は明らかだった。ナフンは伝統的なムーチャを着たシンプルな服を着た威厳のある人物の後ろに続き、その広いアセガイが薄暗い光の中で輝いていた。彼の隣には、白いビーズで縁取られたマントを着たナネアが歩いていました。しかし、彼女の態度は、ナフンですら無視できない不安を表していました。彼女は時々彼にしがみつき、その言葉は切実で感情に満ちていた。

ハッデンさんは二人の後を追って、羨望と後悔が入り混じった思いで二人のやり取りを観察した。彼の心の一部はつかの間の罪悪感に駆られ、計画を放棄することを考えました。彼は彼らの絆の美しさを認識しており、自分の行動がそれを打ち砕くという認識に悩まされていました。しかし、彼の心の隅には暗い部分が蔓延していました。誘惑の声が絶え間なくささやき、彼に自分の欲望を思い出させ、決意を奮い立たせた。

ハッデンの心は良心と腐敗の間で揺れ動いた。彼は常に、他人の犠牲を気にせず、自分が欲しいものは何でも手に入れるというルールに従って生きてきました。この瞬間、彼の欲望はナネアに集中しており、それを達成することがナフンを排除することを意味するとしても、それはそれでいいでしょう。

裏切り
午後遅くまでに、グループは破滅のプールからそれほど遠くない川を渡った。彼らは茨の木立に入ったが、気が付くとズールー族の兵士の一団に囲まれていた。その中には、反逆者の族長マプタが、その太った体格には小さすぎるポニーに乗って座っていた。兵士たちは彼らの到着を予想して、時間を無駄にせず捕虜を確保した。

待ち伏せに驚いたウムゴナは兵士たちと議論しようとした。「王の戦士たちよ、これはどういう意味ですか？私たちはウセティワヨのクラールへ向かっています。なぜ私たちの邪魔をするのですか？」

兵士たちの大尉はあざけるような笑い声で答えた。「もしあなたの道が王に通じているのなら、なぜ北ではなく南に向かうのですか？あなたは確かにクラールに到達するでしょうが、あなたが探しているものではありません。黒き者は、ナタールへの逃亡を企てたあなた方に死刑を命じました。」

その啓示は稲妻のように襲いかかりました。ナフンは激怒してハッデンに突進したが、兵士らに制止された。ナネアもハッデンに視線を向けた。彼女は何も話さなかった。彼女の沈黙は言葉よりもひどいものだった。裏切りと悲しみに満ちた彼女の目は、ハッデンの魂を突き刺した。

マプタは自分の裏切りに満足し、ハッデンがどのように自分と共謀したかを独りよがりに語り、王の好意を集めるための逃亡計画を明らかにした。

プールは自分自身を主張します
一行は破滅の池の端まで行進し、そこで船長は厳しい任務を開始した。彼はウムゴナに先に前に出るよう命じた。死を前にして落ち着きを取り戻した老人は、娘とナフンに別れを告げ、ためらうことなく奈落の底に飛び込んだ。

次はナネアの番です。彼女は威厳を持って立ち、言葉でハッデンを非難した。「ブラックハート、あなたは利己的な欲望から私たちを裏切りました。あなたが平和を決して見つけられないように。私の父と夫の血が永遠にあなたを悩ませますように。」この最後の言葉とともに彼女はプールに飛び込み、白い衣服は霧の中に消えていった。

ナフンが前線に呼ばれたとき、彼の中の悲しみと怒りは限界点に達した。咆哮を上げながら彼は飛び出し、兵士の一人を捕まえて奈落の底に投げ込んだ。彼の力と怒りは止めることができませんでしたが、最終的には兵士たちが彼を圧倒しました。ズールー族の間では、悲しみによって気が狂った男は神聖視されていたため、縛られ鎮圧された彼はプールの運命を免れた。

ハッデンの逃亡
混乱のさなか、ハッデンは逃亡の機会を捉えた。彼は放置されたライフルを手に取り、マプタのポニーに乗りました。馬に拍車をかけて疾走させ、彼は裏切りの残響と裏切った人々の魂を残して荒野に消えた。

影の遺産

破滅の池は再び沈黙し、その暗い水は亡くなった人々の秘密を飲み込みました。ハッデンにとって、その運命の日の出来事は永遠に悩まされることになるでしょう。肉体的な報復は免れたものの、ナネアの言葉の呪いは消えなかった。彼は心の奥底で、自分の勝利が虚しいものであることを知っていた。なぜなら、自分は欲望を追求するあまり人間性を失ってしまったからである。

第 6 章: 死者の幽霊

ナネアが破滅のプールを見下ろす目もくらむような台から飛び降りたとき、彼女の運命は予期せぬ方向へ進みました。滝の轟音によって際限なく打ち砕かれるギザギザの岩に囲まれたこの池は、水に落とされた人々の死の床として悪名高いものでした。しかし、ナネアはほとんどの犠牲者の残酷な運命を避けました。彼女自身の意志によって推進された意図的な跳躍は、彼女を致命的な岩のすぐ向こう側に運びました。彼女は深海に頭から突っ込み、その飛び込みは熟練のダイバーのそれに似ていました。このまま永遠に深みに飲み込まれてしまうかと思われたが、流れが急流に変わるプールの奥で彼女は再び姿を現した。

ナネアは激流に流されて、泳ぎの上手さで川岸に衝突する危険を免れて疾走した。急流が彼女をうっそうとした森の中へ運び、木々の広大な枝が夕暮れのような暗闇を作り出していた。そのような枝の1本をつかみ、彼女はなんとか安全な場所に身を寄せ、死の川を逃れました。その川は、これまで誰も生き残ったことがないと信じられていたのと同じ川でした。疲れきっていたが奇跡的に無傷だったナネアはよろよろと岸に上がった。彼女の白い衣服も無傷のままでしたが、ずぶ濡れになって彼女の体に張り付いていました。

しかし、彼女の生存は何の慰めにもならなかった。夜の寒さと孤独が彼女に重くのしかかった。近くで、彼女はそびえ立つイエローウッドの木を見つけました。彼女は必死に避難場所を求めてそれに近づき、その枝に登って徘徊する捕食者から身を守ることが目標でした。幸運なことに、彼女は木の幹の中に地面からわずか数フィートのところで大きな空洞を発見しました。ためらう暇もなく、彼女は中に潜り込んだ。この空洞にはヘビやその他の危険が潜んでいたかもしれないが、ナネアはそこが暖かく、驚くほど広いことに気づいた。底には、おそらくネズミか鳥によって運ばれたと思われる、乾燥して腐った苔と火口が層になっていた。計り知れないほど疲れきって、彼女は横になり、苔で体を覆い、深い、回復的な眠りに落ちました。

悪夢のような出会い
ナネアは、なじみのない言語で話す声の喉の雑音で目が覚めました。彼女は慎重に立ち上がって、隠れ場所から覗いた。夜空は晴れていて、星が川の近くの空き地にかすかな輝きを放っていました。空き地の中心で大規模な火が燃え上がり、その周りに集まったグロテスクな人影の集団を照らした。これらの存在は小さく人間の形をしており、薄い髪が額まで垂れ下がり、突き出た顎と不釣り合いに腫れ上がった体が怪物のように見えました。彼らは原始的な武器、つまり棒に打ち付けられた鋭い石や原始的な石のナイフを握りしめていました。

ナネアに震えが走った。彼女は、伝説のエセムコフ、つまり邪悪な幽霊が住んでいると言われている幽霊の森に遭遇したことに気づきました。彼女はこれらの邪悪な霊に直面していると確信していたので、恐怖で心臓が高鳴りました。しかし、見ているうちに、彼女の恐怖は好奇心に変わった。その存在たちは、彼女が霊が想像していたような行動をしませんでした。彼らは歌い、踊り、武器を振り回して喧嘩さえしました。そして彼らは何を祝っていたのでしょうか？奇妙な物体が彼らの円の中心に横たわり、彼らは陰惨な饗宴の準備をしているように見えた、長くて暗い形をしていました。

生き物のうちの1匹が火に近づき、燃えている枝を掴んで物体を照らし、ナイフを持ってその横にしゃがみ込んだもう1匹が物体を照らした。ナネアは息を呑み、その物体が人間の体であることに気づいたとき、彼女

の血は冷たくなった。悲鳴を抑えながら、彼女は後ず
さりした。これらは霊ではありませんでした。彼らは人
食い人種だった。

恐怖と解決
中央に横たわるその死体は自分のものとしては大き
すぎ、ナネアの心は恐怖に沈んだ。もしかして夫のナ
フンさんでしょうか？その考えが彼女を押しつぶし
た。彼女は王の命令により彼を失ったが、この最後の
冒涜は耐え難いものだった。彼女の苦悩は怒りに変
わった。彼女はたとえ自分の命を犠牲にしてでも介入
することを決意した。

避難所から出てきたナネアは、火に向かって大胆に
歩きました。彼女の外見はこの世のものとは思えない
ほどで、背が高く優雅で、白い衣服が火の光で輝き、
動くたびに光と影の間で移り変わりました。生き物の 1
匹が彼女を見て凍りつき、その口から石のナイフをカ
タカタと鳴らし、鋭い叫び声を上げました。瞬時に、残
りの人々は振り向いて彼女の幽霊の姿を見ました。彼
女が霊であると確信した彼らはパニックに陥り、恐怖
の叫び声を上げながら森の中に逃げました。

一人になったナネアは遺体に近づいた。彼女がとて
も安堵したのは、それがナフンではなく、王の処刑人
の一人だったということだった。彼はどのようにして死
んだのでしょうか？ナフンはまだ生きているのだろう
か？彼女の中にちらついた希望は、かすかだが否定
できなかった。彼女は死体を近くに置いておきたくな
いので、それを川に投げ込んだが、川はすぐにそれ
を流し去った。それから、火を焚いた後、彼女は木の
所に退いて夜明けを待ちました。

幽霊の森でのサバイバル
それから数日が経ち、ナネアは森での生活に適応し
ました。空腹に襲われた彼女は、村人たちがエセムコ

フ族のために食べ物の供物を置いた森の端にある神聖な岩を思い出した。すべてを危険にさらしてそこへ向かい、トウモロコシ、牛乳、お粥、さらには肉など、豊富な食糧を発見しました。感謝して、彼女は持ち運べるものを自分の隠れ家に持ち帰り、絶えず燃やし続けている火で食事を作りました。

彼女の人生は孤独と用心深いものでした。エセムコフは彼女を避け、彼女が強力な精霊であると確信しており、時折現れる彼らの存在は彼女を不安にさせたが、それ以上の脅威にはならなかった。日が数週間に変わるにつれ、ナネアはナフンがまだ生きているかもしれないというかすかな希望にすがりついた。森の暗闇が彼女に重くのしかかり、孤立感が彼女を狂気に追い込みそうになったが、それでも彼女は耐えた。

戦争の片鱗
幽霊の森の遠くで、戦争の太鼓が高らかに鳴り響いていた。フィリップ・ハッデンは、以前の悪行に対する訴追をかろうじて免れたが、気が付くとズールーランドに引き戻されていた。イギリス軍とセティワヨ王との間で戦争が迫る中、ハッデンは荷馬車と牛を軍に雇い、チェルムズフォード卿指揮下の第3縦隊に同行した。1879年1月20日、彼らはすぐ近くでズールー軍が静かに待ち構えていることに気づかず、イサンドルワナ山の影の下で野営した。

ズールー軍の中にナフンもいたが、今では悲しみと怒りで変わり果てた、やせ細った荒々しい目の姿になっていた。彼は槍と盾を求めて、元連隊であるウムシティウの隊列に加わった。彼の要求はただ一つ、白人に対する復讐だけだったので聞き入れられた。

希望が再燃
ナフンが戦いの準備をしている間、ナネアは森の保護区に留まり、国境を越えて起こっている出来事に気

づかなかった。彼女の存在は暗いものであったが、彼
女の精神は打ち砕かれることを拒否した。ナフンに抱
いた愛情と、ナフンが生き残るというかすかな希望
が、長く孤独な日々を彼女を支えた。夜が明けるたび
に彼女の心に一筋の光が差し込み、それは彼女の物
語がまだ終わっていないという約束でした。

終わり